Armando y la escuela de lona azul

por **Edith Hope Fine** y **Judith Pinkerton Josephson**

ilustrado por **Hernán Sosa**

traducido por **Eida de la Vega**

Lee & Low Books Inc. New York

Agradecimientos

Por sus observaciones y sugerencias, les damos nuestro cálido agradecimiento a Ira Boroditsch, Vince Compagnone, Hilary Crain, Dora Ficklin, Jill Hansen, Pat Hatfield, Melissa Irick, Kirsten Josephson, Catherine Koemptgen, David Lynch, Sara Morgan, Joany Mosher, Alicia Muñoz, Anne Otterson, Sarai Padrón, Esmeralda Rodríguez, Izamar Sánchez, Rosalinda Quintanar-Sarellana, Hernán Sosa, Olga Stebbins, los intituivos miembros de nuestro grupo de crítica, y a nuestra editora, Louise May.

—E.H.F. y J.P.J.

Una porción de las ganancias de la venta de este libro será donada a Responsibility, Inc. (responsibilityonline.org), la fundación que apoya el trabajo de David Lynch con los niños de México.

LEE & LOW BOOKS Inc., 95 Madison Avenue, New York, NY 10016
leeandlow.com
Manufactured in China by Jade Productions, January 2010
Book design by Christy Hale
Book production by The Kids at Our House
The text is set in Zapf Humanist
The illustrations are rendered in masking fluid, watercolor, and ink
10 9 8 7 6 5 4 3 2 1
First Edition
Library of Congress Cataloging-in-Publication Data
Fine, Edith Hope.
[Armando and the blue tarp school. Spanish]
Armando y la escuela de lona azul / por Edith Hope Fine y Judith Pinkerton Josephson ;
ilustrado por Hernán Sosa ; traducido por Eida de la Vega. — 1st ed.
p. cm.
Summary: Armando and his father are trash-pickers in Tijuana, Mexico, but when Señor David brings his "school"—a blue tarp set down near the garbage dump—to their neighborhood, Armando's father decides that he must attend classes and learn. Based on a true story.
ISBN 978-1-60060-449-2 (pbk. : alk. paper)
[1. Education—Fiction. 2. Poverty—Fiction. 3. Mexico—Fiction. 4. Spanish language materials.]
I. Josephson, Judith Pinkerton. II. Sosa, Hernán, ill. III. Title. III. Vega, Eida de la. IV. Title.
PZ73.F484 2010   [E]—dc22   2009040327

Al increíble David Lynch y a todos los que contribuyen con Responsibility, Inc. —*E.H.F.* y *J.P.J.*

A mi esposa Robyn, sin la cual no hay color —*H.S.*

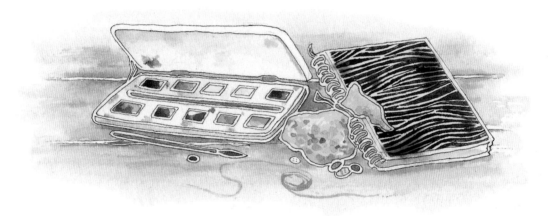

Armando y su papá pasaron todo el día en el vertedero, rebuscando entre la basura. Luego, bajaron con dificultad la ladera rocosa. La luz del atardecer brillaba sobre los vidrios rotos, las cercas desvencijadas y las casas en ruinas de su colonia.

¡*Piiip, piiip!* El claxon de un camión atronó abajo.

Armando lo señaló con el dedo:

—¡Mira, papá! ¡Es el señor David, el que vino el verano pasado!

El papá se quedó en silencio un momento. Entonces dijo:

—Puedes ir, pero sólo esta vez.

Armando bajó rápidamente por el sendero de gravilla para avisarle a su amiga Isabella. Juntos bajaron corriendo por el camino de tierra, cruzaron una tabla tambaleante y pasaron junto a una enorme roca.

—¡Señor David! ¡Ha regresado! —dijo Armando.

—Mis amigos, *my friends*, los he echado de menos —dijo
el señor David, mientras extendía una gran lona en el suelo.

—Esta es su escuela —dijo Armando—. Yo me acuerdo.

La primera vez que el señor David llamó "escuela" a su lona azul,
Armando no había entendido. Él creía que las escuelas tenían paredes,
pisos y techos. Pero el señor David dijo que una escuela podía estar en
cualquier parte, incluso sobre una lona en una colonia.

—¿Listos para aprender más? —preguntó el señor David.

—¡Sí! —gritaron los niños—. *Yes!*

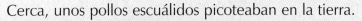

Cerca, unos pollos escuálidos picoteaban en la tierra.

—*Hen* —dijo el señor David, agitando los brazos—. Cocorocó, cocorocó.

—La gallina . . . *hen* —dijeron los niños y también agitaron los brazos—. Cocorocó, cocorocó.

El señor David escribió las letras del alfabeto en su pizarra. Los niños dijeron las letras en español y en inglés, y luego practicaron las palabras que aprendieron el año anterior: *house*—la casa; *boy*—el muchacho; *girl*—la muchacha.

—*Very good!* ¡Muy bien! —dijo el señor David—. Trabajaremos mucho este verano, pero también nos divertiremos.

Armando estaba impaciente por empezar.

Esa noche Armando comió despacio. Al fin preguntó si podía asistir a la escuela del señor David en la lona azul.

El papá frunció el ceño.

—No te llenes la cabeza con sueños de escuela.

—Fui el año pasado —dijo Armando.

—Ahora eres mayor —dijo el papá—. Me gustaría que las cosas fueran diferentes, pero somos pepenadores, recogedores de basura. Debes hacer el trabajo de nuestra familia.

Mamá añadió:

—Tus hermanas son pequeñas. Necesito quedarme a cuidarlas. El dinero que papá y tú ganan nos ayuda a vivir.

Armando pudo sentir las lágrimas en los ojos. Lo que más deseaba era aprender, pero sabía que papá y mamá tenían razón.

Más tarde, Armando se sentó en su delgado colchón. Con un lápiz pequeñito hizo un dibujo del camión del señor David.

A medida que Armando y su papá se acercaban al vertedero a la mañana siguiente, el asqueroso olor iba haciéndose más fuerte. Se oía el ruido de los camiones de basura retrocediendo: ¡Pi! ¡Pi! ¡Pi! De ellos caían montones de basura. Los trabajadores se adelantaban para romper cajas de cartón y rasgar bolsas plásticas. Bandadas de gaviotas chillonas volaban en círculos y se lanzaban en picado, peleándose por pedazos de comida podrida.

Armando buscaba botellas y latas, ropas y juguetes. Algunos para venderlos y otros para usarlos. En una bolsa andrajosa encontró botones brillantes e hilo plateado. De otra, sacó un cuaderno manchado y una lata de pinturas abollada. Se guardó esas dos cosas.

Armando se limpió la cara sudorosa y espantó las moscas que zumbaban a su alrededor. "¿Qué estará enseñando ahora el señor David?", se preguntó.

Cuando Armando y su papá regresaban a casa, el sol ya estaba muy bajo en el cielo, pintándolo de rojo. Al oír el chirrido de la reja, Isabella salió corriendo para compartir con Armando lo que había aprendido en la escuela. Las palabras cubrían el papel.

—La rana es *frog* —dijo—. Saltamos con el señor David. Dijimos ¡cruá-cruá! y *ribbit-ribbit!*

Armando dejó caer los hombros.

—¡Cómo me gustaría poder ir contigo!

—Lo sé —dijo Isabella—. Pero te traeré palabras nuevas. Te lo prometo.

Cuando Isabella se fue, Armando copió las palabras en su cuaderno. Luego, hizo un dibujo para cada palabra. Antes de irse a dormir, colocó su cuaderno y sus pinturas con los otros tesoros en la repisa encima de su cama.

Todos los días Armando trabajaba en el vertedero. Y todos los días ansiaba sentarse en la lona azul.

Una noche, su papá le dijo:

—La gente está hablando de la escuela del señor David.

A Armando le dio un vuelco el estómago.

—Siempre hemos sido pepenadores —continuó su papá—. Pero aprender es importante. Te podría ayudar a encontrar un trabajo diferente cuando crezcas. Quizá en la ciudad. Así que tu mamá y yo decidimos que puedes irte temprano del vertedero para que vayas a la escuela.

—Pero . . . el dinero . . . —dijo Armando.

—Ya nos las arreglaremos.

—Gracias, papá.

Armando salió corriendo a decírselo a Isabella. Los dos gritaron de alegría.

Desde ese día, Armando trabajó por la mañana con su papá. Todas las tardes, Armando e Isabella bajaban el camino de tierra, cruzaban la tabla tambaleante y pasaban junto a la enorme roca, para llegar a la escuela del señor David.

A veces las lecciones eran fáciles. A veces, eran difíciles. Pero pronto los niños pudieron escribir oraciones y hacer cálculos. Cantaban, jugaban y dibujaban.

Debajo del dibujo de unas flores rojas, Armando escribió: Las rosas huelen bien.

Junto a una niña saltando a la suiza, Isabella escribió: Isabella salta.

Un día un vaca se acercó.

—Hola, vaca —dijo Armando—. Muuu-muuu.

—*Hello, cow* —dijo el señor David—. *Mooo-mooo. Cows give milk*—la leche.

—*Cows give milk* —repitieron los niños.

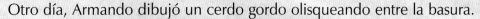

Otro día, Armando dibujó un cerdo gordo olisqueando entre la basura.

—*Great pig!* ¡Tremendo cerdo! —dijo el señor David.

Entonces Armando le enseñó un dibujo de un hombre alto, de pelo castaño y con bigote. En él había escrito: Mi amigo. *My friend*.

—¿Ese soy yo? —preguntó el señor David.

—Sí —dijo Armando.

—Gracias, mi amigo —dijo el señor David y estrechó la mano de Armando.

Pasaron las semanas y Armando escribía, dibujaba y pintaba. Pronto su cuaderno estuvo lleno de palabras, oraciones y coloridos dibujos.

Una noche, un olor a humo despertó bruscamente a Armando. El viento aullaba. Las maderas crujían.

—¡Fuego! ¡Fuego! —gritaba la gente.

La mamá y el papá de Armando recogieron a sus hijos y huyeron de la casa.

Las llamas rugían por toda la colonia. El papá de Armando corrió a ayudar. Los hombres azotaban el fuego con mantas húmedas. Lanzaban cubos de agua.

A salvo en la ladera de la colina, la mamá de Armando abrazaba a sus hijos. Con el corazón batiéndole en el pecho, Armando vio una muralla de ávidas llamas tragarse su casa.

Al amanecer, las cenizas calientes aún ardían. Había muchas casas quemadas. Armando contempló el pedazo de terreno donde había estado la casa de su familia. No quedaba nada.

El señor David le puso la mano en el hombro.

—¿Y tus palabras, y tus dibujos?

—Todo está perdido —apenas logró decir Armando con tristeza.

—Lo siento —dijo el señor David.

Dos días después, el olor a humo todavía se sentía en el aire. El señor David y los niños se reunieron sobre la lona azul.

—Qué momentos tan difíciles para ustedes, mis amigos —dijo el señor David—. Hoy no habrá clases. Sólo vamos a dibujar.

Armando coloreó llamas rojas y anaranjadas, humo negro y caras asustadas. Mientras los niños trabajaban, se acercó un auto.

—Por favor, denle la bienvenida a nuestros visitantes —dijo el señor David—. Están escribiendo una historia acerca del fuego y de nuestra escuela para el periódico de la ciudad.

El fotógrafo tomó algunas fotos. La reportera garabateó unas notas. Cuando vio el dibujo de Armando, le dijo que si podía tomarlo prestado. Armando no sabía para qué. Miró al señor David.

—No hay problema, Armando —le dijo—. Puedes dárselo.

Al día siguiente, el señor David sostenía un periódico.

—*Look!* ¡Mira! —dijo.

Los ojos de Armando se abrieron con sorpresa. En la primera página aparecía su dibujo de la noche terrible. ¡Todo el mundo podía ver su dibujo! Los niños aplaudieron. Armando sonrió. El señor David le dio un ejemplar del periódico para que se lo mostrara a sus padres.

Esa misma semana llegó otra sorpresa. Cuando una bondadosa señora de la ciudad vio el dibujo de Armando y leyó la historia del fuego, envió dinero para construir una escuela.

—¿Dónde? —preguntó Armando.

—Aquí mismo, donde ponemos la lona azul —dijo el señor David.

Armando cerró los ojos, tratando de imaginarse la escuela.

Durante las semanas siguientes el señor David y el papá de Armando construyeron una casa nueva para la familia, usando tablas de cercas, malla de alambre y viejas puertas de garaje. También ayudaron a otras familias a reconstruir sus casas.

Cada vez que podía, la gente trabajaba en la escuela. Mezclaron cemento y pulieron el suelo. Serrucharon madera y la clavaron para construir cuatro paredes y un techo resistente. La luz entraba por el lugar donde se construirían las ventanas.

Al fin se terminó la escuela. Los niños se agolparon dentro, conversando y señalando para todas partes. Iban de los bancos a las mesas y de las mesas a los libros de ilustraciones coloridas.

Isabella pasó los dedos por la alfombra azul tejida.

—Es como nuestra lona azul —dijo.

Entonces, Armando descubrió un atril de madera manchado de pintura.

—Tu papá lo trajo —dijo el señor David.

Los ojos de Armando se iluminaron. Su papá quería que él estuviera allí, aprendiendo y dibujando. Desde la primera vez que el señor David había llegado a la colonia tocando el claxon de su camión, Armando había soñado con un lugar así. Un lugar donde aprender. Un lugar donde crecer. Un lugar con amigos.

Armando abrió los brazos y las palabras le brotaron de la boca:

—¡Estoy tan contento como de aquí al cielo!

1980: Dar clases a los niños de la colonia se convirtió en la obra más importante de la vida de David Lynch.

1983: Estudiantes trabajando con su maestro.

Niños de vuelta a casa con sus dibujos.

Nota de las autoras

Aunque ésta es una historia de ficción, está basada en un hecho real. El señor David es David Lynch, un ex maestro de educación especial de Nueva York. En el verano de 1980 fue por primera vez a México para enseñar a los niños de una colonia del vertedero de basura de la ciudad de Tijuana. Regresó al verano siguiente y al otro, y trabajó con niños que vivían a la sombra de montones de basura. Convencido de que la educación era la clave del futuro de estos niños, Lynch tomó una decisión. Se quedaría. "Había una atracción magnética hacia estas gentes, y eso me hizo regresar", dice Lynch.

Armando es una amalgama de los niños que conocimos en la colonia. Como ellos, trabaja con su padre en el vertedero. Puede ver belleza en las cosas más sencillas, aunque todo a su alrededor sea deprimente. Barrios como el de Armando rodean los vertederos de basura en las grandes ciudades de todo el mundo.

Niños caminando por la colonia en el vertedero.

La primera escuela de David Lynch fue una lona azul extendida sobre la tierra. "Me asombró el afán de los niños por aprender", recuerda Lynch. "Su atención nunca se desviaba, a pesar del constante desfile de cerdos, perros, patos y pollos que pasaban por el aula al aire libre". Poco a poco, Lynch creó un programa escolar que incluía kindergarten, cultura mexicana e inglés como segundo idioma.

Al igual que sus padres, muy pocos de los alumnos de Lynch habían pasado más allá de los límites de la colonia. Lynch les habló acerca de escuelas y carreras, exponiendo sus mentes jóvenes a un mundo más grande. Al principio, se llevaba pequeños grupos y cruzaba la frontera con ellos hasta San Diego. En algunos viajes memorables a la ciudad de Nueva York, los niños se quedaron maravillados ante la vista de los rascacielos. Asombrados, tocaban el hielo frío y duro de una pista de hielo.

Conocimos a David Lynch en 1985, mientras hacíamos un trabajo para *Los Angeles Times*. Un frío día de diciembre visitamos el vertedero de basura de Tijuana con el fotógrafo Vince Compagnone. Ese día Lynch sacó botes de pintura. Pintar era algo novedoso para la mayoría de los niños. Se deleitaron con la textura y el olor de la pintura, y llenaron el papel de brillantes colores. No pudimos evitar conmovernos por sus caras sinceras y sus ansias de aprender.

Después de que apareciera nuestro artículo, el editor del periódico nos llamó con la noticia de que un lector anónimo había donado dinero para construir una escuela. Para los residentes de la colonia, tener una escuela propia había sido un sueño. Al fin tenían los fondos para comprar materiales de construcción. Ellos mismos hicieron el trabajo.

Seis meses después, cuando ya se había terminado el edificio, regresamos con el fotógrafo para hacer el seguimiento de la historia. Toda la colonia celebró y vimos el júbilo de los niños durante la inauguración de su nueva escuela.

1986: David Lynch enseña en la nueva escuela.

Niños contentos en su primer día de clases.

El fundador de la escuela David Lynch en 2006.

"Aún estoy aquí, pero se me ha caído el pelo", bromea David Lynch refiriéndose a sus veintisiete años de enseñanza en el vertedero de Tijuana. Responsibility, Inc., una organización sin fines de lucro, apoya actualmente los esfuerzos de Lynch. Corporaciones y negocios han donado productos y fondos. Lynch también ha establecido un programa que vincula a alumnos de secundarias y universidades estadounidenses con niños necesitados. Un grupo de teatro puso en escena una producción musical que destacaba el trabajo de Lynch. Su historia también atrajo la atención de los medios de difusión y el apoyo de artistas, actores y celebridades, entre los que se cuentan la actriz Susan Sarandon y el periodista y comentarista Bill O'Reilly.

Felipe Quiroz González con sus estudiantes.

Muchos de los alumnos de Lynch han conocido el éxito. Uno es Felipe Quiroz González, alumno de la primera escuela de la lona azul. Hoy en día Quiroz González enseña a niños de preescolar y kindergarten, y es director asistente de la escuela, llamada ahora David Lynch. "Es un maestro nato", dice Lynch de Quiroz González.

En noviembre de 2006, en la Casa de la UNICEF perteneciente a las Naciones Unidas, en la ciudad de Nueva York, Lynch fue honrado con el Premio Humanitario "World of Children", que reconoce a personas ordinarias de todas partes del mundo que llevan a cabo una labor extraordinaria en beneficio de los niños. Gracias a Lynch, los niños que viven cerca del vertedero de Tijuana pueden concebir un futuro inimaginable antes de la llegada del maestro. Saben que aprender puede cambiar sus vidas. Sueñan con carreras de abogados, técnicos de computación, animadores de programas de televisión, maestros, artistas, doctores, y muchas cosas más. Como Lynch les dice: "Tienen que tomar sus propias decisiones. Son su responsabilidad".

2006: Niños de preescolar junto a su héroe.

Gracias a la visión y a la persistencia de David Lynch, la esperanza ha tocado a miles de niños y a sus familias.

Edith Hope Fine y Judith Pinkerton Josephson, 2007

Glosario y guía de pronunciación

boy (boi): el muchacho

cow (cao): la vaca

English (ing-lich): inglés

frog (frog): la rana

girl (guerl): la muchacha

give (guif): dan (*verbo*: dar)

good (gud): bien

great (greit): tremendo

hello (je-lou): hola

hen (jen): la gallina

house (jauss): la casa

look (luk): mira

milk (milk): la leche

moon (muun): la luna

mooo-mooo (muu-muu): el sonido que hace una vaca

my friend (mai frend): mi amigo (*m.*)

my friends (mai frends): mis amigos

pig (pig): el cerdo

ribbit-ribbit (rib-it-rib-it): el sonido que hace una rana

rose (rous): la rosa

sun (son): el sol

very (ve-ri): muy

welcome (uel-com): bienvenidos

yes (iess): sí